CATASTROPHE!

NAUFRAGE

Frieda W

Illustrations de Don Kilby

Texte français de Martine Faubert

Éditions
SCHOLASTIC

Catalogage avant publication de Bibliothèque et Archives Canada

Wishinsky, Frieda
[Shipwreck! Français]
Naufrage / Frieda Wishinsky ; texte français de Martine Faubert.
(Catastrophe!)

Traduction de : Shipwreck!
ISBN 978-1-4431-5141-2 (couverture souple)

1. Empress of Ireland (Bateau à vapeur)--Romans, nouvelles, etc.
pour la jeunesse. I. Faubert, Martine, traducteur II. Titre. III. Titre:
Shipwreck! Français.

PS8595.I834S5514 2016   jC813'.54   C2015-906614-X

Édition publiée par les Éditions Scholastic, 604, rue King Ouest,
Toronto (Ontario) M5V 1E1

5 4 3 2 1 Imprimé au Canada 121   16 17 18 19 20

Illustrations de la couverture : Copyright © tempête dans l'océan : Ase/
Shutterstock; éclaboussures : TaraPatta/Shutterstock; radar : Andrey
VP/Shutterstock; navire : Bibliothèque et Archives Canada/PA-116389.

Photographies pages 97 et 98 : Site historique maritime de
la Pointe-au-Père, Rimouski.

À mon amie Roselyne Kraft

CHAPITRE UN

29 mai 1914

Albert est penché sur le bastingage et regarde les eaux du fleuve Saint-Laurent, tout en bas. Il entend des bruits de pas et il se retourne. C'est Sarah! Mais que fait-elle sur le pont à une heure pareille?

Les longs cheveux de Sarah flottent au vent. Apparemment, elle sort du lit et n'a pas pris la peine de se brosser les cheveux.

— Qu'est-ce que tu fais ici? demande-t-elle à Albert.

— Et toi, alors? rétorque-t-il.

— Mon père ronflait si fort que je n'arrivais pas à dormir, dit-elle.

— Je ne pouvais pas dormir non plus, dit-il. Alors je suis sorti pour admirer les étoiles.

Albert et Sarah, accoudés au bastingage, contemplent le ciel étoilé et les eaux calmes du fleuve. Soudain, un bruit métallique strident brise le silence de la nuit.

— As-tu entendu? chuchote Sarah. Écoute, ça recommence!

— Regarde! dit Albert en indiquant un grand navire noir en aval. Je me demande de quelle sorte de bateau il s'agit?

Ils sont alors enveloppés par un banc de brume si épaisse qu'ils ne voient plus rien. Ils attendent quelques minutes que ça passe.

— La brume ne semble pas vouloir se dissiper, finit par dire Albert en bâillant. Je suis vraiment fatigué. Je crois que je vais rentrer.

— Moi aussi, dit Sarah.

Tandis qu'ils se dirigent vers leurs cabines, le son de la corne de brume de l'*Empress* les fait sursauter.

— Que se passe-t-il? demande Sarah.

— Je ne sais pas, dit Albert.

Soudain, le paquebot penche fortement sur tribord et l'eau s'engouffre aussitôt dans ses cales. Albert saisit la main de Sarah et se met à courir.

L'*Empress of Ireland* est en train de sombrer!

CHAPITRE DEUX

28 mai 1914

— Aïe! Tu me marches sur le pied!

Une fillette maigrichonne aux cheveux auburn et aux yeux verts fusille Albert du regard. Elle porte un chemisier blanc et une veste courte bleu marine. Des chaussures noires apparaissent de sous sa longue jupe, également bleu marine.

— Désolé, dit-il. Je n'avais pas vu ton pied.

Albert essaie d'avancer sur le quai, mais il y a beaucoup de monde et il peut à peine bouger.

— Fais-tu partie de la Police montée? demande-t-elle en indiquant le grand chapeau de feutre d'Albert et les boutons dorés de son veston rouge.

— Non, répond-il. Je suis de l'Armée du salut, dans la fanfare des jeunes.

Il brandit son caisson à trompette pour le lui prouver.

— J'ai déjà vu des gens de l'Armée du salut récolter de l'argent dans la rue pour les pauvres, dit la fillette. Est-ce vrai que tous les membres de l'Armée du salut sourient tout le temps?

— Tu veux dire comme ceci? dit Albert, la bouche étirée à lui en faire mal.

La fillette éclate de rire.

— Tu vas à Londres? demande-t-elle.

— Oui, je me rends au congrès international de l'Armée du salut avec mon père, mon oncle Thomas, ma tante Betsy et mon cousin Lewis, répond-il en montrant sa famille du doigt.

Son père, son oncle et son cousin portent le même uniforme que lui, mais leurs chapeaux ne sont pas trop grands pour eux.

— Je m'appelle Albert McBride, ajoute-t-il en replaçant son couvre-chef.

Il tend la main à la jeune fille et son chapeau lui tombe sur les yeux, laissant apparaître ses cheveux brun foncé et bouclés.

— Je m'appelle Sarah O'Riley, répond-elle en serrant la main d'Albert.

Elle le regarde de la tête aux pieds, comme si elle inspectait sa tenue avant un défilé.

— Ton chapeau est trop grand, dit-elle.

— Je sais, répond-il. Il tombe tout le temps. Papa a dit qu'il m'en trouverait un autre, mais dans le tourbillon des préparatifs de départ, il a oublié.

Sarah rit. Ses yeux vert émeraude pétillent.

— Votre fanfare va-t-elle donner un concert pendant la traversée? demande-t-elle.

— La grande fanfare, oui, dit Albert. J'aimerais bien jouer avec eux, mais je suis seulement dans la fanfare des jeunes. Tu devrais aller les écouter.

— Je n'y manquerai pas. J'aime la musique. Il est magnifique, tu ne trouves pas? ajoute-t-elle en levant la tête pour regarder le paquebot.

Albert lève la tête à son tour. L'énorme navire qui surplombe le quai ressemble à un palais flottant. De grands canots de sauvetage blancs sont suspendus au pont supérieur. Un pavillon à carreaux rouge et blanc flotte au vent. Des treuils à vapeur hissent des caissons, des malles et des valises qui seront ensuite déposés dans la soute aux bagages.

L'embarquement des passagers de la première classe a déjà commencé. Plusieurs sont accompagnés de domestiques qui portent leurs valises. Elles sont toutes identifiées par une grande étiquette où est inscrit le mot *CABINE*.

— J'ai hâte de naviguer sur l'Atlantique, dit Albert. Je n'ai jamais voyagé en bateau.

— Moi si, avec mon père, dit Sarah. Mais c'était à Toronto, sur le lac Ontario. C'est la première fois que je monte à bord d'un grand paquebot et que je vais sur l'Atlantique. Cette traversée va être une aventure extraordinaire.

Le sifflet du navire retentit. On entend le bruit des machines et les deux cheminées crachent de la fumée. La foule rassemblée sur le quai attend le moment de saluer parents et amis.

— Nous allons embarquer d'une minute à l'autre! dit Sarah en tapant dans ses mains.

Albert serre sa trompette contre sa poitrine et son chapeau lui tombe sur le nez. Il le remet en place et se tient bien droit afin de l'empêcher de retomber.

— Allez! dit Sarah. C'est à nous.

Albert soulève sa vieille valise de cuir noir et avance avec tous les passagers.

— Aïe! rouspète Sarah. Voilà que tu recommences à me marcher sur les pieds.

— Pardon, s'excuse Albert. Je n'avais pas...

— Je sais, réplique Sarah. C'est bondé. Mais si nous devenons amis, Albert McBride, tu dois me promettre de regarder où tu mets les pieds.

— C'est promis, répondit Albert.

Et les deux enfants se dirigent vers la passerelle d'embarquement de l'*Empress of Ireland*.

CHAPITRE TROIS

Quand Albert entre dans leur cabine, son père lui demande s'il peut remplacer Lewis.

— Moi? dit Albert, étonné.

— Lewis ne se sent pas bien, dit son père. Le directeur de fanfare veut que tu joues à sa place. C'est un grand honneur qu'il te fait, fiston.

Albert rêve depuis toujours de jouer dans la grande fanfare, mais il n'aurait jamais cru que ce jour arriverait si tôt. Sera-t-il à la hauteur? Il connaît tous leurs morceaux. Alors pourquoi son cœur bat-il la chamade? Il inspire profondément et répond à son père :

— D'accord.

— Bien, dit M. McBride en serrant la main de son fils. Fais-moi honneur, fiston.

— Je vais faire de mon mieux.

— Alors, allons-y! dit son père.

Ils sortent de la cabine, traversent le couloir et

montent sur le pont promenade. Albert se place entre son père et son oncle. Il a le trac. Il veut bien jouer.

Un grand nombre de passagers sont venus les écouter. Albert parcourt la foule des yeux. Sarah est au premier rang et lui sourit. Elle lui fait un signe de la main au moment où le chef de la fanfare donne le premier coup de baguette.

Albert approche sa trompette de ses lèvres. Dès les premières notes, la foule les applaudit chaleureusement. Plusieurs, dont Sarah, connaissent la chanson *Ô Canada* et joignent leurs voix à la musique de la fanfare. À son grand soulagement, Albert ne fait aucune fausse note.

Après *Ô Canada*, la fanfare joue l'air de *Auld Lang Syne*. Encore une fois, c'est un tonnerre d'applaudissements. Ce chant est traditionnellement chanté par les Écossais le jour de la Saint-Sylvestre pour dire adieu à l'année qui se termine, mais c'est quand même une bonne façon de dire au revoir au Canada.

Albert a toujours aimé cette mélodie, mais il trouve que les paroles sont bizarres. Pourquoi faudrait-il oublier ses vieux amis et tous les gens qu'on connaît pour la simple raison que c'est le Nouvel An ou que, comme maintenant, on part en voyage? Albert ne veut pas oublier ses amis ni que ses amis l'oublient. Il s'ennuie déjà de son meilleur ami à l'école.

Dans le port de Québec, l'*Empress of Ireland* est prêt à appareiller. Le chef de la fanfare donne le signal pour le dernier morceau. C'est un cantique. Albert porte la trompette à ses lèvres. Sarah le salue de la main, met sa bouche en cœur et fait une drôle de mimique. Albert tourne la tête pour s'empêcher de rire, mais, comme d'habitude, son chapeau lui tombe sur le nez. Il devient aussi rouge que son uniforme. Ses doigts glissent des pistons et sa trompette fait un *couac*. Son père le fusille du regard. Albert remet aussitôt son chapeau en place. Sa main tremble quand il reprend la mélodie.

Cette fois, il ne regarde pas du côté de Sarah. En fait, il ne regarde personne. Il était si impatient de jouer avec la grande fanfare! Et maintenant, il a fait une erreur. Que va lui dire son père? Le directeur de fanfare le laissera-t-il rejouer avec eux?

Les spectateurs entonnent le cantique : *God be with you till we meet again*. Le préféré de sa mère! Elle lui a répété ces paroles quand elle l'a serré dans ses bras la semaine dernière, avant leur départ. Et, les larmes aux yeux, elle lui a dit : « Tu vas me manquer,

Albert. Promets-moi d'être prudent. Promets-moi de faire attention à toi. » Et il lui a répondu : « C'est

promis. Ne te fais pas de souci, maman. Tout va bien se passer. »

Un long coup de sifflet retentit et tout le monde, sur le pont et en bas sur le quai, se met à applaudir. Le navire appareille!

Albert et la fanfare jouent les dernières notes du cantique. Une fois de plus, l'auditoire applaudit chaleureusement. Albert essuie le bout de sa trompette tandis que le paquebot s'engage sur le Saint-Laurent. Les gens sur le quai agitent des mouchoirs, des drapeaux ou des chapeaux pour saluer leurs amis ou leurs parents.

Le voyage a commencé.

Une fois de plus, Albert replace son chapeau sur sa tête. Soudain, il sent une tape sur son épaule.

— Tu es bon trompettiste, Albert McBride, dit Sarah en lui souriant. Je ne voulais pas te troubler. Mais tu as repris la mélodie comme si de rien n'était! ajoute-t-elle en faisant claquer ses doigts.

— Merci! dit Albert

Il aurait préféré ne pas faire une fausse note devant tout le monde. Mais Sarah a raison, il a réussi à se rattraper.

Il aime bien Sarah, même si elle aime le taquiner. Il est heureux d'avoir rencontré quelqu'un de son âge avec qui il pourra passer les six jours de navigation sur l'Atlantique.

CHAPITRE QUATRE

— Pourriez-vous m'indiquer où se trouve la cabine sept de la deuxième classe, s'il vous plaît? demande Albert à un steward.

Tous les membres de la fanfare ont regagné leurs cabines sauf Albert qui est resté bavarder avec Sarah. Quand Sarah est retournée dans la sienne où elle devait retrouver ses parents, Albert est resté un peu plus longtemps pour contempler le fleuve avant de rentrer à son tour. Et maintenant, il est perdu! Le paquebot est immense et il ne sait pas de quel côté se diriger.

Le steward lui sourit.

— L'*Empress* est un véritable labyrinthe, dit-il. Depuis une heure, je n'ai pas cessé d'indiquer leur chemin à des passagers qui cherchaient leurs cabines.

— Si seulement j'avais un plan du navire, dit Albert.

Le steward prend une feuille de papier et un

crayon dans sa poche.

— Je vais te dessiner le plan et t'indiquer où est ta cabine, dit-il. Ainsi tu pourras t'orienter plus facilement.

— Combien de passagers y a-t-il à bord? demande Albert tandis que le steward dessine le plan.

— On en compte 1 057, dont 253 en deuxième classe, répond le steward. Tiens, voici notre capitaine, le capitaine Kendall.

Le steward fait un salut. Le capitaine salue Albert et le steward d'un signe de la tête, puis inspecte le pont. Albert lui rend son salut, puis remercie le steward avant de rejoindre sa famille.

Quand il entre dans sa cabine, qui est située à bâbord, le père d'Albert est en train de défaire ses bagages.

— Ah te voilà! dit M. McBride en relevant la tête pour le regarder. Je t'ai vu en train de discuter avec une jeune demoiselle après le concert. J'espère qu'elle a aimé notre musique.

— Oui, elle l'a aimée, dit Albert. Mais j'étais terriblement gêné d'avoir fait cette fausse note.

— C'était un accident, fiston, dit son père.

— La prochaine fois, je ne ferai pas une seule

erreur, dit Albert. Tu vas voir, papa.

M. McBride lui tapote le dos et lui répond :

— Je l'espère bien. À ton âge, il n'est pas donné à tout le monde de jouer dans la grande fanfare.

Albert soupire. Il voudrait dire à son père que ce n'était pas sa faute, mais son père déteste les excuses. Dans de telles situations, il dit toujours : « *Tu sais ce que tu as à faire* ». Albert préfère donc se taire.

— Tu peux utiliser les deux tiroirs du bas pour ranger tes vêtements, dit M. McBride.

Albert ouvre sa valise et place ses effets dans la commode, puis il sort une carte postale de sa valise.

— J'ai promis à maman et à Eddie de leur écrire dès que je serais à bord de l'*Empress*, explique-t-il.

— Ils vont être contents d'avoir de tes nouvelles, dit son père. Ta mère était inquiète de te voir m'accompagner dans ce voyage.

— Je sais, dit Albert en se rappelant la conversation qu'il avait eue avec sa mère la veille de leur départ de King City pour se rendre à Toronto où ils allaient prendre le train pour Québec.

« Amuse-toi bien, lui avait-elle dit. Mais ne va pas te promener seul. Une grande ville comme Londres peut être dangereuse. »

« Tout ira bien, maman, avait-il dit. Ne t'en fais pas. Tu peux me faire confiance. C'est promis. »

Il l'avait ainsi rassurée à trois reprises ce jour-là.

« N'oublie pas de prendre le pont de Londres pour traverser la Tamise, avait dit Eddie. Et aussi de visiter la tour où on enfermait tous ces prisonniers avant de les... » Et Eddie avait fait semblant de se trancher la gorge. Il était fasciné par les sabres, les canons, les fusils et les gibets.

Albert sourit en se rappelant l'expression d'envie sur le visage d'Eddie. Puis il finit d'écrire sa carte postale et la signe. Il regarde l'heure sur la montre que ses grands-parents lui ont offerte pour ses douze ans en mars dernier. Il lui reste du temps pour aller explorer le navire avant le souper.

— Je vais déposer ma carte dans la boîte aux lettres, annonce-t-il à son père. Ensuite, j'irai faire un tour de reconnaissance sur le paquebot.

— Sois prudent, lui dit son père. Tu ne connais pas encore bien ton chemin. L'*Empress* est grand et on s'y perd facilement.

Albert soupire. Si seulement ses parents arrêtaient de le traiter comme un gamin! Il ne va pas se perdre!

— Je vais utiliser ce plan pour m'orienter, dit-il à

son père en lui montrant le dessin du steward.

— Très bien. N'oublie pas que le souper est à dix-neuf heures pile.

Son père lui rappelle sans cesse d'être ponctuel.

— Je serai de retour à temps pour le souper, promet-il.

CHAPITRE CINQ

— Re-bonjour!

Albert relève la tête. Il était en train de vérifier l'adresse sur sa carte postale lorsque la porte d'une cabine voisine s'est ouverte. C'est Sarah!

— Bonjour, répond-il en lui souriant. On n'arrête pas de se croiser. Mon père et moi avons une cabine au bout de ce couloir.

— Alors on est presque voisins, conclut Sarah. Où vas-tu?

— Je vais poster cette carte pour ma mère et mon frère, répond-il. Ensuite je vais faire un tour de reconnaissance sur le paquebot. Et toi?

— Je pensais justement aller explorer le navire, dit-elle. Je peux t'accompagner?

— Avec plaisir, dit-il. Mais je dois être de retour à l'heure pour le souper.

— Moi aussi. Allons-y! En se dépêchant, on devrait arriver à visiter toute la deuxième classe.

— Commençons par ici, dit-il en indiquant la gauche.

Ils s'élancent dans le couloir et évitent de justesse un steward qui tient un plateau avec du thé, des biscuits et des tasses.

— Pardon! lui dit Albert.

— Pas de problème, dit le steward. Tu es le jeune homme à qui j'ai dessiné un plan, n'est-ce pas?

— Oui, répond Albert. Et grâce à vous, je ne me perds plus.

Puis il montre sa carte postale au steward.

— Savez-vous où je peux déposer cette carte? lui demande-t-il.

Le steward jette un coup d'œil à l'adresse.

— King City, dit-il. C'est une petite ville au nord de Toronto, je crois. J'ai un cousin qui habite dans une ferme là-bas. Tu peux me confier ta carte et je la donnerai au postier. Le *Lady Evelyn* va prendre nos sacs postaux après minuit.

— Merci, dit Albert. Ma mère et mon frère vont être très contents de recevoir cette carte postale du paquebot.

— Si ça se trouve, ils vont la recevoir avant même que tu ne sois rendu en Angleterre, dit le steward.

Et il salue Sarah et Albert d'un petit coup de chapeau.

Albert et Sarah saluent le steward de la main, puis ils commencent leur visite par le fumoir de la deuxième classe. Ils passent la tête dans l'embrasure de la porte. Sarah se pince le nez et fait une grimace.

— Beurk! s'exclame-t-elle. J'en ai assez vu, ça empeste le cigare!

Albert rit.

— Regarde! dit-il. Le salon de musique. Je parie que ça sent bien meilleur là-dedans. En plus, c'est désert. Entrons.

La salle est meublée de somptueux fauteuils, de jolies tables vernies et d'un piano à queue.

— Joues-tu du piano? demande Sarah.

— Non, répond Albert. Et toi?

— J'ai suivi quelques leçons, dit-elle. Mais je ne suis pas très bonne.

— Allez, ne sois pas si modeste. Joue-moi un morceau.

Elle fait glisser ses doigts sur le clavier.

— Le seul air que je sais encore jouer est *La lettre à Elise*, dit-elle.

— Je le connais, dit-il. C'est de Beethoven.

Il tire le banc qui est sous le piano.

— Prenez place, madame, dit-il en faisant un grand geste du bras.

Sarah lève les yeux au ciel en s'assoyant.

— Merci, dit-elle. Mais je te préviens...

Elle place ses doigts sur le clavier, inspire profondément et entame la mélodie. Elle fait aussitôt

une fausse note.

— Tu vois, dit-elle. Je te l'avais dit.

— J'ai fait une fausse note moi aussi, aujourd'hui, dit-il. Ce n'est pas grave. Reprends du début.

Sarah replace ses doigts sur le clavier. Cette fois, elle réussit à jouer quelques mesures avant de refaire une fausse note. Elle retire ses mains du clavier.

— Je pensais que je m'en souvenais mieux, dit-elle. C'est le seul morceau que je jouais bien, mais je ne l'ai pas joué depuis deux ans.

— Pourquoi as-tu arrêté de jouer? demande-t-il.

— Je ne suis pas douée pour la musique, dit-elle. Même ma professeure le pensait. Elle disait que je n'avais pas l'oreille musicale et que je ne pratiquais pas suffisamment mes gammes. Toi, tu es bon musicien.

— Je n'ai pas bien joué aujourd'hui, dit Albert. Tu aurais dû voir la tête de mon père quand j'ai fait ma fausse note.

— Ce n'était pas ta faute, dit Sarah. J'aimerais pouvoir jouer aussi bien que toi. Mais j'ai d'autres talents, comme la course à pied et la natation.

Albert sourit.

— Ah oui? dit-il. Dans ce cas, on va faire une

course jusqu'à la salle à manger de la deuxième classe.

Il montre à Sarah où se trouve la salle à manger sur son plan.

— Un, deux trois, partez! dit-il.

Ils filent au pas de course dans les couloirs de l'*Empress* et arrivent exactement en même temps devant la porte de la salle à manger.

— Ex aequo! déclare Albert, pantelant.

Les serveurs sont en train de dresser les tables pour le souper. Albert et Sarah admirent les banquettes le long des murs somptueusement lambrissés et les grandes tables au centre de la salle.

— Allons sur le pont des embarcations avant de nous faire chasser d'ici, dit Sarah. Je veux voir les villages qui bordent le Saint-Laurent. Quand on sera sur l'Atlantique, on ne verra plus la terre pendant des jours.

Ils grimpent les escaliers jusqu'au pont des embarcations. Ils s'appuient sur le bastingage, près des canots de sauvetage, et regardent le paysage et les oiseaux qui volent au-dessus du paquebot. Ils voient défiler les petits villages, les forêts de conifères et les prés verdoyants qui longent la côte.

— Je me demande si l'eau est froide, dit Albert en se penchant sur le bastingage.

— Très froide, répond Sarah. Elle n'a pas eu le temps de se réchauffer beaucoup depuis la fin de l'hiver. J'adore nager, mais pas dans l'eau glaciale.

— Comment as-tu appris à nager? demande-t-il.

— Mon père me l'a enseigné quand j'étais petite, dit-elle. Selon lui, tout le monde devrait savoir nager.

— Moi, je ne connais que la nage en chien, dit-il.

— C'est suffisant pour ne pas se noyer, dit-elle.

— Un canot de sauvetage est plus efficace, rétorque-t-il en riant.

— Au moins, il y a assez de canots pour tout le monde sur l'*Empress*, dit-elle. Mon père dit que, depuis le naufrage du *Titanic* il y a deux ans, tous les navires doivent avoir un nombre suffisant de canots de sauvetage pour toutes les personnes à bord. Mais quelle heure est-il?

Albert vérifie sa montre.

— Il est presque l'heure du souper, dit-il. J'ai promis d'être à l'heure.

— Je dois rentrer moi aussi, dit Sarah. On pourrait continuer cette exploration demain avant le déjeuner.

* * *

Albert est assis à table au centre de la pièce avec d'autres membres de l'Armée du salut. Tout le monde parle de la traversée de l'Atlantique et des sites touristiques à visiter à Londres.

— Merci de m'avoir remplacé aujourd'hui, jeunot, dit Lewis, le cousin d'Albert, en prenant place à ses côtés. J'étais si mal en point que je ne pouvais vraiment pas jouer dans la fanfare.

— Est-ce que ça va mieux, maintenant? demande Albert.

— Beaucoup mieux, dit Lewis. Je n'aurais jamais cru qu'on pouvait avoir le mal de mer avant même d'appareiller. Ah, voici le directeur de la fanfare!

Albert sent son cœur qui se met à battre plus fort quand le directeur approche de leur table. Le directeur serre la main de son père et de Lewis, puis il tapote l'épaule d'Albert.

— Merci de nous avoir dépannés, Albert, dit-il. Je crois que tu devrais te trouver un autre chapeau.

Albert rougit jusqu'à la racine des cheveux. Il sait que le directeur est en train de faire allusion à sa fausse note.

— Qu'y a-t-il, le jeunot? dit Lewis. Tu ne te sens pas bien toi non plus? Et qu'est-ce qu'il a ton chapeau?

— Il est trop grand, répond Albert. C'est tout. Et je vais bien.

— N'est-ce pas la jeune demoiselle avec laquelle tu bavardais plus tôt? demande son père en indiquant la porte d'entrée.

Albert relève la tête. Sarah et ses parents se dirigent vers une table située à l'autre bout de la salle à manger. Sarah le salue de la main et articule le mot « demain » en silence. Il approuve de la tête et lui rend son salut.

Lewis lui donne un coup de coude dans les côtes.

— C'est ta nouvelle *petite* amie, le jeunot? dit-il.

— Ce n'est pas ma petite amie, rétorque Albert. C'est juste une amie. Et puis arrête de m'appeler le jeunot!

Lewis le traite tout le temps comme un gamin, bien qu'à dix-huit ans, il soit tout juste un adulte.

— Elle me rappelait que nous avons rendez-vous demain matin tôt pour aller explorer le navire, ajoute Albert.

Lewis lui donne un autre coup de coude dans les côtes.

— Je le disais pour rire, Albert, dit-il. Bon courage pour te lever tôt. Moi, je ne suis pas un lève-tôt. Je me lève juste à temps pour le déjeuner.

CHAPITRE SIX

Albert se tourne et se retourne dans son lit. Il n'arrête pas de penser à l'expression de déception sur le visage de son père quand il a fait sa fausse note avec sa trompette.

Si seulement il n'avait pas regardé Sarah! Si seulement son chapeau n'était pas trop grand! Si seulement...

Il n'y a rien à faire! Il vérifie l'heure sur sa montre. Il est presque une heure du matin! Peut-être devrait-il monter sur le pont? À la maison, il adore sortir en douce la nuit pour aller admirer les étoiles. Ça lui fait toujours du bien quand quelque chose le tracasse.

Il descend de sa couchette et se rhabille. Puis il prend son veston et s'en va vers le pont promenade. L'*Empress* a appareillé il y a moins de neuf heures et navigue sur le fleuve Saint-Laurent en direction de l'Atlantique.

Albert se remplit les poumons d'air frais. Il se sent

déjà mieux. Il regarde le reflet du ciel étoilé dans l'eau du fleuve. Tout est paisible, magnifique...

Puis il entend un bruit. On dirait des pas. Une silhouette se dirige vers lui. Il se retourne.

Les longs cheveux de Sarah flottent au vent. Apparemment, elle sort du lit et n'a pas pris la peine de se brosser les cheveux.

— Qu'est-ce que tu fais ici? demande-t-elle à Albert.

— Et toi, alors? rétorque-t-il.

— Mon père ronflait si fort que je n'arrivais pas à dormir, dit-elle.

— Je ne pouvais pas dormir non plus, dit-il. Alors, je suis sorti pour admirer les étoiles.

Albert et Sarah, accoudés au bastingage, contemplent le ciel étoilé et les eaux calmes du fleuve. Soudain, un bruit métallique strident brise le silence de la nuit.

— As-tu entendu? chuchote Sarah. Écoute, ça recommence!

— Regarde! dit Albert en indiquant un grand navire noir en aval. Je me demande de quelle sorte de bateau il s'agit?

Ils sont alors enveloppés par un banc de brume

si épaisse qu'ils ne voient plus rien. Ils attendent quelques minutes que ça passe.

— La brume ne semble pas vouloir se dissiper, finit par dire Albert en bâillant. Je suis vraiment fatigué. Je crois que je vais rentrer.

— Moi aussi, dit Sarah.

Tandis qu'ils se dirigent vers leurs cabines, le son de la corne de brume de l'*Empress* les fait sursauter.

— Que se passe-t-il? demande Sarah.

— Je ne sais pas, dit Albert.

Albert jette un coup d'œil par un sabord.

— Je vois des lumières, dit-il. Peut-être celles du

grand navire noir que nous avons vu tout à l'heure.

— Ou bien… dit Sarah.

Mais elle s'interrompt à cause du pont qu'elle sent vibrer sous ses pieds.

— As-tu senti ça? demande-t-elle à Albert.

— Oui. On dirait qu'on a heurté quelque chose. Mais comment est-ce possible?

Soudain, le paquebot penche fortement sur tribord. Albert écarquille les yeux. Son cœur bat à tout rompre en voyant l'eau qui s'engouffre dans le navire.

Il saisit la main de Sarah et l'entraîne dans le couloir.

— Il faut avertir nos familles, dit-il. L'*Empress of Ireland* est en train de sombrer!

CHAPITRE SEPT

Albert et Sarah courent vers leurs cabines. Ils perdent constamment l'équilibre à cause de l'inclinaison du plancher.

Le cœur d'Albert bat si fort qu'il résonne dans ses oreilles. Sarah est à bout de souffle. Ils continuent d'avancer dans les couloirs inclinés en s'appuyant aux murs pour éviter de tomber.

Ils arrivent près de leurs cabines.

Des passagers sortent des cabines voisines.

— Que se passe-t-il? crie une femme vêtue d'une robe de nuit à motifs de fleurs.

— Que dois-je faire? dit une autre qui tient un nourrisson.

— Mes papiers... gémit un homme.

Quelques passagers portant des gilets de sauvetage se dirigent vers le pont supérieur. D'autres, l'air ahuri et confus, restent figés sur place.

— Vite! crie un steward aux deux amis. Mettez

ces gilets de sauvetage et rendez-vous sur le pont des embarcations.

Il frappe à la porte des cabines, les unes après les autres.

Albert et Sarah, les bras chargés de gilets, se précipitent vers leurs cabines.

— Papa! crie Albert en martelant la porte de ses poings. Il faut quitter le navire. Papa!

M. McBride ouvre la porte toute grande. Il se frotte les yeux.

— Que se passe-t-il, Albert? dit-il.

— Le navire coule! s'écrie Albert. Il faut monter sur le pont. Enfile vite ce gilet de sauvetage. Je vais avertir les autres.

Albert défait les sangles d'un gilet et l'enfile. Puis il frappe à la porte de la cabine suivante où dorment sa tante, son oncle et son cousin.

— Que se passe-t-il? demande son oncle en ouvrant la porte. Pourquoi tout le monde hurle? Pourquoi…

— Le navire est en train de couler, crie Albert. Il faut sortir tout de suite!

Il entre dans la cabine et leur lance à chacun un gilet de sauvetage.

— Il n'y a pas une minute à perdre, dit-il. Dépêchez-vous! Je vous en supplie!

Tante Betsy essaie de trouver quelque chose à mettre par-dessus sa robe de nuit. Lewis enfile un pantalon par-dessus son pyjama.

— Vite! crie Albert. Mettez vos gilets de sauvetage et partez!

— Tu peux y aller, Albert, dit oncle Thomas. Je vais m'occuper de ta tante et de Lewis. On se retrouvera plus tard. Vas-y, fiston!

Albert serre son oncle et sa tante dans ses bras, puis il sort de la cabine. Son père est dans le couloir. Il porte son gilet de sauvetage. Sarah est là aussi, avec ses parents. Sa mère tremble et sanglote.

— Tout va bien se passer, maman, dit-elle en attachant le gilet de sa mère. Il faut se dépêcher. Je t'en prie, viens avec nous. Albert et moi connaissons le chemin.

Les longs cheveux bruns de la mère de Sarah ne sont pas attachés et sont emmêlés. Elle porte une veste noire par-dessus sa robe de nuit à dentelle rose. Grelottante, elle serre son sac à main contre son gilet. Son père a enfilé son gilet de sauvetage par-dessus un peignoir noir. Ils suivent Albert et Sarah dans le couloir.

C'est la cohue. Les gens hurlent, pleurent, appellent à l'aide. Des nourrissons crient. Des tout-petits réclament leur mère. Personne ne sait où aller ni que faire exactement.

— Allons-y! dit Albert. Par ici!

Ils réussissent à se frayer un passage à travers la mêlée, puis à gravir l'escalier tout aussi bondé.

— Suivez-moi! crie Albert dans la cacophonie des voix affolées.

Le navire tangue dangereusement. Les lumières clignotent. L'eau s'engouffre par les sabords et les portes. Ils en ont jusqu'aux chevilles. Ils ont de plus en plus de mal à avancer.

— À l'aide! crie la mère de Sarah en tombant dans l'eau glacée, pleine de remous. Sarah se retourne et, avec son père, ils la remettent sur pied. Sa robe de nuit est trempée, tout comme ses cheveux. Elle sanglote.

Sarah grelotte dans son chemisier complètement trempé.

— Par ici! crie Albert.

Ils arrivent au haut de l'escalier. Sans perdre une seconde, ils se dirigent vers le pont des embarcations.

Là aussi, c'est la cohue. Les gens sont agrippés au bastingage de tribord, le côté du navire qui penche vers l'eau.

— Regarde, Albert! crie Sarah.

Son index pointe vers le bas et ses lèvres tremblent. Des corps flottent partout, entremêlés à divers objets : le pied d'un piano, des miroirs, des lampes, des chaises et des tables brisées. Ceux qui sont encore en vie s'accrochent à tous ces débris.

Albert a le cœur brisé en entendant les cris et les pleurs des blessés.

Soudain, les lumières s'éteignent!

— À l'aide!

— John, où es-tu?

— Que vais-je devenir?

— Nous sombrons! À l'aide! Au secours!

Les cris sont de plus en plus nombreux et intenses. Albert, Sarah, et leurs parents, arrivent là où les canots de sauvetage étaient suspendus quelques heures plus tôt. Dans la noirceur, ils ne distinguent que des cordages qui pendent.

— Où sont passés les canots? crie Sarah.

— Là! Regarde! dit Albert.

Deux canots de sauvetage brisés et renversés flottent

sur l'eau. Et l'*Empress* est presque complètement couché sur son flanc droit. Le géant des mers va sombrer d'une seconde à l'autre.

— Il faut sauter, dit Albert. C'est notre seule chance.

— Garde ton gilet de sauvetage bien serré, dit M. McBride à son fils. Et accroche-toi à ce que tu pourras trouver de solide. Je t'aime, Albert.

— Je t'aime aussi, dit Albert, la gorge nouée par l'émotion.

— Nage en chien, Albert, dit Sarah. Je veux t'entendre jouer de la trompette à nouveau.

— Nage de toutes tes forces, Sarah, dit Albert. Je sais que tu en es capable.

Albert regarde son amie. Il regarde son père. Puis il inspire profondément et saute.

CHAPITRE HUIT

Albert s'enfonce sous l'eau vers les ténèbres des profondeurs. L'eau froide et salée entre dans sa bouche, son nez et ses oreilles. Il n'a plus d'air. Il utilise ses bras et ses jambes pour remonter à la surface. Il flotte! Il crache de l'eau et tousse.

Respire, respire! Tu es en vie!

Il lève la tête. Les énormes cheminées du navire touchent presque l'eau. Quand elles vont se rompre, tout ce qui se trouvera à proximité sera aspiré vers le fond en même temps que le navire.

Albert nage à sa façon de toutes ses forces. Il faut qu'il s'éloigne du paquebot. Il a mal aux bras. Il est à bout de souffle. Mais il continue de nager. Va-t-il y arriver? En aura-t-il la force? Heureusement, il a son gilet de sauvetage.

Il est complètement gelé. Il a l'impression de flotter dans une immense baignoire remplie de glaçons. Il ne sent plus ses pieds ni ses orteils. Ses mains sont

frigorifiées. Mais il s'oblige à les bouger et à nager.

Nage, se dit-il. *Éloigne-toi du navire.*

Il a un haut-le-cœur. Un goût âcre remplit sa gorge, puis sa bouche. Il crache, mais le mauvais goût reste.

Nage. Nage.

Il tente de voir où est son père, où sont passés

Sarah et ses parents. Il cherche sa tante, son oncle et Lewis. Dans l'obscurité, il ne voit rien d'autre que de vagues formes de corps et d'éclats de bois. Un tambour, peut-être celui de la fanfare de l'Armée du salut, flotte à la surface. Un homme est accroché à un bureau. Il gémit.

Une longue table passe près d'Albert. Il tend le bras dans l'espoir de s'y agripper, mais elle est trop loin et elle continue son chemin au fil de l'eau.

L'élégant mobilier du paquebot, chaises, tables et bureaux, n'est plus qu'un amas de débris.

Nage. Nage.

Il ne sent plus rien, ni ses pieds ni ses mains. Ses doigts sont de plus en plus engourdis, mais il peut encore les bouger.

Une commode brisée passe près de lui. Il nage de toutes ses forces pour s'en rapprocher. Il pose sa main sur le plat, mais ses doigts glissent. Il continue de nager et réussit à s'agripper à une saillie. Il replie ses doigts gelés, saisit fermement la commode et la tire vers lui.

Il pose la tête sur le meuble et respire profondément. Puis il relève la tête et regarde autour de lui. Il sent quelque chose se desserrer autour de son corps. Il touche son épaule, sa taille. Il a perdu son gilet de sauvetage! Il n'a plus que ses vêtements trempés sur le dos.

Où est son gilet? Il se retourne. Il s'est détaché et le courant l'emporte. Albert tend le bras, mais le gilet s'éloigne trop vite. Il aurait besoin de ses deux bras pour aller le chercher à la nage, mais pour ça, il faudrait qu'il lâche la commode.

Il est désemparé de voir son gilet s'éloigner. Il ne lui reste plus que le meuble en bois pour le sauver et les cheminées du paquebot vont bientôt se détacher.

CHAPITRE NEUF

Dans un immense fracas, les cheminées tombent dans le fleuve. Elles soulèvent d'énormes vagues et écrasent des canots bondés de naufragés. Leurs cris résonnent dans la nuit. Albert, accroché à sa commode, a un serrement de cœur. Il est secoué par les puissantes vagues, mais il tient bon. Son visage ruisselle d'eau salée et ses yeux piquent. Il ne voit plus rien. Il a du mal à respirer.

Accroche-toi. Accroche-toi.

Un énorme bruit d'explosion résonne à des kilomètres à la ronde. Des débris de bois, de verre et de métal volent dans tous les sens. Les passagers qui étaient agrippés au bastingage de tribord sont projetés dans l'eau. L'*Empress* s'enfonce rapidement, puis disparaît, entraînant avec lui des centaines de victimes.

Albert est submergé par la douleur et la tristesse. Son père est-il encore en vie? Et son oncle, sa tante et Lewis? Et Sarah et ses parents? Ont-ils survécu ou… ?

N'y pense pas, se dit-il. *Contente-toi de t'accrocher.*

Il aperçoit une lumière au loin. Est-ce une fusée de secours? Y a-t-il un canot de sauvetage en mouvement? Oui! Il n'est pas très loin. Albert lève son bras frigorifié et l'agite.

— À l'aide! crie-t-il. Par ici! Au secours!

Sa voix est faible et rauque. Il recommence, mais en criant plus fort.

— À l'aide! Ici!

Quelqu'un va-t-il le voir ou l'entendre? Il n'est pas certain que le canot se rapproche de lui. L'obscurité est si totale qu'on n'y voit rien.

— Ici! crie-t-il en forçant encore plus sa voix. Je suis vivant! Venez me chercher! Au secours!

Il essaie tant bien que mal, mais, tout comme l'*Empress*, ses cris se perdent dans les profondeurs du Saint-Laurent.

Le canot ne se rapproche pas de lui, il s'éloigne! Ils ne l'ont pas vu.

Quelqu'un d'autre viendra-t-il à sa rescousse? Il scrute la surface de l'eau. Il ne voit que des corps, de moins en moins nombreux.

Le calme est revenu sur le fleuve. Il entend des voix qui appellent à l'aide, crient, sanglotent, gémissent. Il sait ce que cela signifie. Ses larmes se mêlent à l'eau salée et lui piquent les yeux.

Ne pleure pas. Pas maintenant.

Il continue de scruter la surface de l'eau dans l'espoir d'apercevoir un navire ou un canot de sauvetage. Il faut qu'on le retrouve! Mais il fait si noir et il est si fatigué! Il pose la tête sur la commode. Ses paupières veulent se fermer.

Non, non! Ne t'endors pas! se dit-il en s'obligeant à garder les yeux ouverts. *Tu dois rester éveillé. Si tu t'endors, c'est la fin. Concentre-toi. Pense à quelque chose, fais quelque chose, n'importe quoi!*

Il se met à chanter *God be with you*, le cantique préféré de sa mère. Il invente des chansons qui racontent sa vie à la ferme, en Ontario, ou un défilé dans les rues de Londres avec la fanfare de l'Armée du salut.

Il s'imagine en train de jouer de la trompette avec la fanfare. Il s'imagine qu'il joue parfaitement, que son père est fier de lui et qu'il lui serre la main. Il a toujours pris grand soin de sa trompette. Il l'a astiquée la veille de leur départ. Maintenant, elle a disparu.

Et les autres musiciens? Plusieurs ont certainement disparu. Mais il faut que son père soit encore en vie. Il ne peut pas...

Non! N'y pense pas! se dit-il. *Pas maintenant. Pense à autre chose.*

Il imagine Sarah assise au piano dans le salon de musique, avec ses doigts posés sur le clavier. Il se rappelle son rire. Il se revoit ensuite avec elle sur le pont de l'*Empress*. Il se souvient du grand navire noir, un bateau fantôme avaient-ils imaginé.

Mais peu après, tout a changé.

Qu'ont-ils heurté? Le bateau fantôme? Il était très près de leur paquebot. Les deux navires sont-ils entrés en collision? Si oui, est-ce la cause du naufrage de l'*Empress?* C'était un navire solide, bien construit. Tout le monde le disait. Sinon, qu'est-il arrivé exactement? Ont-ils heurté autre chose?

Le silence s'installe peu à peu autour de lui. Combien de temps peut-il encore tenir? Il a froid, il a mal partout et il est si fatigué! Ses paupières recommencent à se fermer malgré lui.

Ne dors pas, surtout pas! Si tu t'endors, tu ne te réveilleras peut-être jamais.

Il se force à garder les yeux ouverts. Il scrute les

ténèbres.

Ses yeux lui jouent-ils des tours? Est-ce un bateau là-bas? Il rassemble ses dernières forces et crie :

— Je suis vivant! Venez me chercher! À l'aide!

Il lève un bras et se met à faire de grands gestes, encore et encore. De l'autre bras, il s'agrippe à la commode.

Personne ne lui répond. Il se sent malheureux, désespéré.

Soudain, il perçoit un mouvement. C'est une petite embarcation. Un homme lui fait signe de la main depuis un canot de sauvetage!

Il garde les yeux rivés sur le canot. Un filet de voix lui parvient :

— On arrive! Tiens bon!

Il les entend. Il les voit. Ils sont quelques-uns à bord. Deux hommes rament. Il doit tenir bon jusqu'à ce qu'ils l'aient rejoint.

— Tiens bon! répète la voix.

Le canot approche.

— On te voit!

Il entend clairement les voix maintenant, puis le canot surgit de l'ombre.

— Vite! dit Albert. Dépêchez-vous.

Il claque des dents. Ses bras lui semblent tellement lourds. Il sent qu'il va lâcher la commode d'une seconde à l'autre. Et s'il la lâche, il n'a rien pour l'aider à flotter.

Tiens bon! Tiens bon!

Ses doigts glissent sur la commode.

CHAPITRE DIX

De gros bras forts empoignent Albert. Deux matelots le hissent à bord du canot de sauvetage et l'enveloppent dans des couvertures.

Un homme âgé est assis en face de lui, de l'autre côté du canot. Il a les yeux fermés, mais il respire. Son veston noir est déchiré et sa chemise blanche est sale et fripée. Il n'a pas de chaussures. Il ouvre les yeux pendant quelques secondes. Son visage se crispe de douleur.

— Dora, marmonne-t-il. Dora.

Ses joues sont baignées de larmes. Il referme les yeux et gémit.

Albert baisse les yeux et regarde ses pieds. Il n'a qu'une chaussure. L'autre a dû tomber dans l'eau avec sa chaussette. Il touche ses cheveux. Ils sont emmêlés et poisseux.

Grelottant, il resserre ses couvertures. Elles sont rêches, mais peu importe, elles sont sèches et le réchauffent. Il passe la main sur le bois du canot et s'appuie contre le bordage. Il a mal à la poitrine quand il respire. Ses bras et ses jambes sont encore engourdis par le froid, mais il est en vie! Il n'est plus dans les eaux glaciales du Saint-Laurent. Il est sain et sauf.

Il remercie les deux matelots encore et encore. Il leur dit son nom. Celui qui a un gros visage rond, une fossette au menton et les cheveux blonds lui dit qu'il s'appelle Philippe. Il semble diriger les opérations. L'autre est plus jeune. Il s'appelle Yann et a les cheveux bruns et fins.

Philippe tapote le bras d'Albert.

— Repose-toi, dit-il. Tu parleras plus tard.

Albert ferme les yeux. Il ne sent plus que le mouvement du canot qui tangue sur les vagues. Il somnole.

* * *

Le canot s'arrête et Albert se réveille en sursaut. Les matelots embarquent une jeune femme vêtue d'une robe de nuit déchirée. Elle a le regard vague et n'arrête pas de marmonner : *Mon mari! Où est-il?* Elle couvre son visage de ses mains et éclate en sanglots.

Peu après, ils rescapent un jeune homme qui porte un gilet de sauvetage. Il est grand et mince

et ses cheveux sont bruns et bouclés. Son visage est barbouillé de cambouis. Son œil gauche et ses lèvres sont enflés. Il s'assoit et appuie son dos contre le bordage. Il respire bruyamment.

Albert se frotte les yeux. Ils piquent encore à cause

de la poussière et de l'eau salée. Il ne voit pas très bien. Mais serait-ce…?

— Lewis? dit-il en tendant la main vers le jeune homme. C'est moi. Albert!

Le jeune homme relève la tête et le regarde.

— Je… Je suis désolé, dit-il. Je m'appelle Daniel. Ton frère s'appelle Lewis?

— Non, mon cousin, dit Albert. Tu lui ressembles beaucoup.

Daniel passe ses doigts dans ses cheveux.

— J'espère que ton cousin est sain et sauf, dit-il. J'ai sauté du navire juste avant qu'il sombre. (Il s'arrête pour tousser.) Pardon. J'ai du mal à parler.

Daniel ferme les yeux et les matelots se mettent à ramer. Ils continuent à ratisser le fleuve à la recherche d'autres naufragés.

— Y a-t-il quelqu'un? appellent-ils sans relâche. Criez si vous êtes là. Nous allons vous aider.

Mais on n'entend que le bruit des rames qui clapotent dans l'eau. Les matelots continuent de ramer.

— Écoutez! dit soudain Philippe. Je crois que j'entends quelqu'un.

Les matelots essaient de localiser le bruit.

— Où êtes-vous? crient-ils.

— Ici! entend-on crier. Au secours!

La voix est faible et rauque.

— À l'aide! Venez vite!

— Je crois que ça vient de ce côté, dit un des matelots en pointant l'index.

Ils rament plus fort et continuent d'appeler.

— Est-ce qu'on se rapproche? Nous entendez-vous?

— Vite! dit la voix, de plus en plus faible.

— Tu le vois? demande Philippe.

— Non, répond Yann.

Les deux matelots continuent d'appeler encore et encore, mais en vain.

— Je crois qu'il a sombré, dit Philippe, la gorge serrée. L'eau est horriblement froide. Impossible d'y rester très longtemps, même avec un gilet de sauvetage.

En entendant ces mots, Albert est parcouru d'un long frisson. Si le canot n'était pas arrivé si vite pour le rescaper, il serait probablement mort à l'heure qu'il est.

CHAPITRE ONZE

Les matelots continuent de ramer. Sur le fleuve, il règne un silence à faire frémir. Albert ferme les yeux. Il n'en peut plus de voir les meubles brisés et les corps sans vie qui flottent sur l'eau.

Un autre canot s'approche du leur.

— Avez-vous eu un peu de chance? demande Philippe. Avez-vous trouvé des naufragés?

— Juste une femme, cette fois-ci, répond-on. Elle était agrippée à un cadavre. Elle est très mal en point. On avait trouvé plus de survivants au premier tour. On retourne au navire. Et vous?

— On a quatre rescapés à bord, dit Philippe. Nous aussi, on avait eu plus de chance la première fois.

— Quel cauchemar! dit l'autre. Sois prudent, Philippe. On se reverra à bord du *Storstad*.

— On va faire un dernier tour, dit Philippe. J'y tiens, au cas où... Ensuite, on vous rejoindra.

— Le *Storstad*? dit Albert. Quel genre de navire

est-ce?

— Un cargo norvégien qui transporte du charbon, répond Philippe d'un seul souffle.

— Étiez-vous près de l'*Empress* au moment du naufrage? dit Albert. Savez-vous ce qui s'est passé?

Philippe se mord la lèvre.

— Je vous en prie, dites-moi ce qui est arrivé, dit Albert.

Philippe s'éclaircit la voix.

— On… On… dit-il. Le *Storstad* a accidentellement heurté votre navire. Le brouillard était si épais… Le capitaine Andersen a aussitôt fait mettre nos canots à l'eau pour vous rescaper. Tous nos canots de sauvetage ont sillonné le fleuve à la recherche des naufragés. Nous avons secouru un bon nombre de victimes, mais bien moins que nous l'aurions voulu.

Le canot s'arrête brusquement. Une femme flotte tout près.

— Elle porte un gilet de sauvetage, crie Yann. Je crois que je l'ai vue bouger.

Ils rament pour s'en rapprocher. Ses paupières restent immobiles. Les traits de son visage sont figés comme ceux d'un masque. Elle est morte.

— On vire de bord, dit Philippe. Il est temps de

regagner le *Storstad*.

Albert frissonne et serre la couverture rêche autour de ses épaules. Il essaie d'oublier le visage de la noyée. Savait-elle qu'elle était en train de mourir? Est-elle morte subitement ou a-t-elle perdu connaissance avant de s'endormir pour l'éternité?

Que sont devenus son père, sa tante, son oncle et son cousin? Que sont devenus Sarah et ses parents? Ont-ils survécu?

CHAPITRE DOUZE

Albert regarde le *Storstad*. Ce n'est pas un vaisseau fantôme qui a porté son coup de mort à l'*Empress*, mais un gros cargo solidement bâti.

Il regarde les trois autres survivants de l'*Empress* qu'on aide à débarquer du canot avant lui. Daniel gémit chaque fois qu'il soulève une jambe pour la poser plus haut sur l'échelle de corde.

— Mon mari, je dois le retrouver, dit la jeune femme entre deux sanglots.

Elle tremble en grimpant l'échelle de corde qui oscille.

Le vieil homme, le regard toujours aussi vide, grimpe à son tour. Il n'a aucune réaction quand les membres de l'équipage l'aident à descendre sur le pont.

Puis c'est au tour d'Albert. En se levant, il est étourdi. Il va tomber à la renverse, mais Philippe le rattrape et l'aide à reprendre son équilibre.

Puis il grimpe à l'échelle de corde. Il a les jambes flageolantes. Il serre les barreaux très forts, car il a peur de tomber.

Le pont du *Storstad* est bondé. Des survivants se sont regroupés dans un coin et boivent du thé et du café bien chaud. Beaucoup sont enroulés dans des couvertures. D'autres portent des vêtements qui ne leur vont pas, fournis par l'équipage du *Storstad*. D'autres encore sont enroulés dans des rideaux ou des sacs de grosse toile. On leur a donné ce qu'on pouvait trouver pour les vêtir.

Le vieil homme qui était à bord du canot pose son bras sur celui d'un matelot.

— Avez-vous vu Dora Smith? demande-t-il.

— Malheureusement non, répond le matelot. Mais d'autres l'ont peut-être vue.

Le vieil homme répète sa question à un autre matelot qui lui répond également par la négative. Ensuite, il pose sa main sur le bras d'une femme enroulée dans une couverture.

— Désolée, mais je ne l'ai pas vue, dit-elle.

Le vieil homme s'enquiert de sa femme auprès de chaque personne présente sur le pont. Chaque fois qu'on lui répond non, son regard devient plus triste, plus abattu et encore plus vide.

Albert marche sur le pont. Il examine attentivement tous les visages et inspecte tous les recoins, dans l'espoir de retrouver sa famille. Il ne voit aucun membre de l'Armée du salut.

— Tiens, dit Philippe. Débarrasse-toi de tes vêtements trempés et enfile ce pantalon et cette chemise.

— À qui sont-ils? demande Albert.

— À moi, répond Philippe. Ils sont peut-être trop grands pour toi, mais ils sont secs et propres. Allez, viens t'habiller.

Albert approuve de la tête et suit Philippe sur le pont, puis dans un couloir attenant qui est désert. Il se déshabille et enfile les vêtements secs. Philippe a raison, ils sont trop grands. Le pantalon glisse sur ses hanches et s'empile par terre. Les manches de la chemise pendent au bout de ses mains. Mais il est content d'avoir des vêtements chauds et secs sur le dos.

— Merci, dit-il.

Il sourit pour la première fois depuis la collision des deux navires.

— Comment me vont ces vêtements? ajoute-t-il.

— Tu as l'air d'un clown, répond Philippe en souriant. Mais ce n'est pas grave. Tu peux rouler les manches de la chemise et les jambes du pantalon. Il ne faudrait pas que tu trébuches et te casses une jambe. As-tu encore le vertige?

— Ça va mieux, répond Albert. Mais je dois me réhabituer à marcher sur un bateau en mouvement, surtout avec des vêtements trop grands.

Albert imagine ce que Sarah penserait en le voyant ainsi accoutré. Elle dirait sûrement que ses nouveaux vêtements vont très bien avec son fameux chapeau.

Il a l'impression que toute une semaine s'est passée depuis que Sarah et lui faisaient la queue pour monter à bord de l'*Empress*. Il a l'impression que toute une semaine s'est passée depuis qu'ils ont contemplé la nuit paisible sur le fleuve. Il a l'impression que toute une semaine s'est passée depuis qu'ils ont aperçu pour la première fois le vaisseau fantôme qui s'approchait. Il a l'impression que toute une semaine s'est passée depuis qu'ils commentaient l'arrivée inopinée du banc de brume.

Ce n'était pas un vaisseau fantôme, mais le *Storstad*. Et ça ne s'est pas passé il y a une semaine, mais seulement quelques heures plus tôt. Et au cours de ces quelques heures, la vie d'Albert a complètement changé. Il n'ira pas en Angleterre. La fanfare ne s'y produira jamais en concert. Il n'a plus son uniforme. Son chapeau trop grand gît au fond du fleuve avec sa trompette. Et tous les passagers qu'il connaissait ont probablement disparu.

Il roule les manches de la chemise et les jambes du pantalon de Philippe.

— Merci pour les vêtements propres, dit-il. J'aimerais bien me laver dans une baignoire.

— Tu pourras le faire bientôt, dit Philippe. Nous allons accoster.

— Savez-vous s'il y a une liste de survivants? demande Albert.

— Je crois qu'on est en train de la dresser, répond Philippe. Il va falloir un peu de temps. D'autres navires ont recueilli des naufragés. On en saura plus quand on sera à terre. Avec qui voyageais-tu, Albert?

— Avec mon père, mon oncle, ma tante et mon cousin Lewis, répond Albert. On était avec un groupe de l'Armée du salut. Ma mère et mon frère sont restés à la maison. Va-t-on les avertir que je suis sain et sauf?

— Ce sera fait dès que possible, dit Philippe. Maintenant, essaie d'oublier un peu tout ça. Pense plutôt à reprendre des forces. Tu as passé de durs moments.

— Mais je veux savoir ce qui arrivé à ma famille,

proteste Albert. Et je veux savoir ce qui est arrivé à Sarah O'Riley et à ses parents. On était ensemble sur le pont juste avant de sauter.

— Je vais me renseigner, dit Philippe. Mais ne désespère pas si tu n'as pas des nouvelles immédiatement. Le *Storstad* n'a accueilli qu'une petite partie des survivants. Il y en a aussi sur d'autres navires. Le *Lady Evelyn* et l'*Eureka* ont appareillé dès qu'ils ont su qu'il y avait eu une collision.

Philippe fait de son mieux pour avoir l'air confiant, mais Albert ne peut s'empêcher de se demander combien de personnes ont pu survivre à une telle collision. Et combien ont pu quitter le paquebot avant qu'il ne sombre dans le fleuve? Tout est arrivé si vite, il y a eu si peu de temps pour réagir.

CHAPITRE TREIZE

— Il y a des rescapés dans la salle des chaudières, dit Philippe. Tu en connais peut-être certains. Viens, je vais t'accompagner.

Ils descendent les escaliers.

Il fait très chaud dans la salle des chaudières et c'est bondé. On y respire mal à cause du manque d'air frais. Albert tousse si fort qu'il a un haut-le-coeur. La lumière qui vient des chaudières et des lampes à l'huile lui fait mal aux yeux.

La salle est pleine de naufragés qui marchent sur place, se frottent les mains pour les réchauffer et font sécher leurs vêtements. Les uns, trop faibles ou blessés, s'appuient sur les autres. Beaucoup ont l'air hagard. D'autres ont le visage tordu de douleur. Certains pleurent comme s'ils ne pourraient jamais s'arrêter et d'autres hurlent des noms. Une femme n'arrête pas de répéter « Pourquoi? ». Un homme jure.

Albert ne voit aucun enfant dans la pièce. Il est secoué d'un frisson et les larmes lui montent aux yeux. Ils étaient environ 150 enfants à bord de l'*Empress*, avait-il entendu dire au souper. Ont-ils tous péri sauf lui?

Et où sont passés tous les membres de l'Armée du salut? Il ne reconnaît aucun visage dans la salle des chaudières. Il doit bien y avoir quelqu'un de l'Armée du salut encore en vie. Il ne peut pas être le seul survivant. Et si c'était le cas? Il préfère ne pas y penser. C'est trop douloureux.

— S'il vous plaît, est-ce qu'on peut remonter? demande-t-il à Philippe.

— Bien sûr, répond Philippe en lui tapotant le bras.

Ils remontent sur le pont. Albert agrippe le bastingage et soupire.

— Tu as besoin de quelque chose pour te réchauffer, dit Philippe. Que dirais-tu d'une bonne soupe bien chaude?

— D'accord, dit Albert. Merci.

— Attends-moi ici, dit Philippe. Je vais te l'apporter.

Albert attend donc. Puis il décide de s'asseoir par terre sur le pont. Un homme vient s'asseoir près de lui. Il lui tourne le dos, mais Albert a l'impression de le connaître. L'homme se retourne et s'appuie contre le bastingage. Albert n'en croit pas ses yeux. C'est le capitaine Kendall, le capitaine de l'*Empress* ! Il le revoit dans son uniforme impeccable en train d'accueillir les passagers à bord, de serrer des mains et de souhaiter à tous une bonne traversée. Maintenant, son uniforme est sale, froissé et déchiré.

Il est assis, le visage dans ses mains. Quand il relève la tête, ses yeux sont vitreux, comme s'il avait vu un fantôme.

Le docteur Grant, le médecin de l'*Empress*, s'approche du capitaine. Albert le reconnaît, car il a assisté au concert de la fanfare sur le pont. Il avait serré la main de chaque membre de la fanfare.

— Tenez, dit le docteur en tendant une bouteille poussiéreuse au capitaine. Prenez un peu de brandy, ça vous réchauffera.

Le capitaine le regarde en secouant la tête.

— Je n'ai jamais bu d'alcool, docteur, et je ne commencerai pas maintenant, dit-il. Merci quand même.

— Vous n'auriez pas dû rester dehors si longtemps à chercher des survivants, dit le docteur. Vous êtes ébranlé et fatigué, Henry.

— Je devais le faire, dit le capitaine. Ce sont mes passagers. L'*Empress* était mon navire. J'en avais la responsabilité. Pourquoi le *Storstad* ne s'est pas arrêté? Je leur avais envoyé des signaux. Rien de tout cela ne serait arrivé s'il s'était arrêté.

— C'est un malheureux accident, dit le docteur. Le brouillard était très épais et la visibilité, presque nulle.

Le capitaine Kendall secoue la tête, puis il regarde du côté du fleuve.

— Regardez, dit-il. Le *Lady Evelyn* arrive. Il va emmener les survivants à Rimouski. De là, ils pourront retourner chez eux. Allez-y, docteur. On a besoin de vous. Nous n'y serions jamais arrivés sans vous.

Le docteur tapote le dos du capitaine, puis se dépêche d'aller aider les naufragés à monter à bord du *Lady Evelyn*. Peu après, le capitaine se lève, redresse le dos et va aider le docteur.

Albert regarde le *Lady Evelyn* qui approche. Il va bientôt rentrer à la maison.

La maison! Ça semble si loin et, pourtant, il y a seulement quelques jours il était encore à King City.

Philippe revient avec de la soupe chaude, du pain de campagne et une tasse d'eau. Albert boit sa soupe. Elle est claire, presque un bouillon, avec seulement quelques morceaux d'oignons et de pommes de terre, mais elle est bonne. Il ne s'était pas rendu compte qu'il avait faim, jusqu'à maintenant.

Tout en mangeant, il regarde le *Lady Evelyn* se placer au côté du *Storstad*. Il observe le docteur Grant qui dirige le transbordement des vivants et des morts. Il détourne la tête quand on amène les morts sur le pont. Quelqu'un qu'il connaît pourrait être du nombre. Il dépose son bol de soupe et attend que la lugubre procession soit terminée.

Ensuite, les naufragés gravement blessés sont transbordés. Ceux qui peuvent encore marcher suivront. Albert se lève et tend à Philippe son bol et sa tasse vides.

— Tu es un garçon courageux, Albert, lui dit-il en lui entourant les épaules de son bras. J'espère que tu retrouveras ta famille et ton amie. Ne perds pas espoir. Tu as survécu et eux aussi ont peut-être survécu.

— Merci encore de m'avoir secouru, dit Albert. Merci pour tout.

Il va rejoindre les autres survivants qui sont déjà à bord du *Lady Evelyn*. Il salue Philippe de la main.

CHAPITRE QUATORZE

Albert fait le tour du *Lady Evelyn* qui est bondé. Normalement, le navire transporte des sacs postaux. Il va chercher les lettres et les cartes postales sur les paquebots de croisière passant sur le fleuve et les apporte jusqu'au train à Rimouski d'où le courrier est ensuite acheminé vers des villes et des villages partout dans le monde.

Le steward de l'*Empress* a promis à Albert de déposer à la poste la carte postale pour sa mère et son frère, et le *Lady Evelyn* aurait normalement dû prendre le courrier.

Mais voilà qu'il se trouve à bord de ce même navire, qui vient d'accueillir les morts, les blessés et les survivants de l'*Empress* au lieu de recevoir les habituels sacs pleins de lettres et de cartes postales.

Albert sent son estomac se nouer. Ce doit être horrible de recevoir une lettre de quelqu'un qui est décédé quelques heures après l'avoir écrite. Quand

Albert avait écrit sa carte postale, il se réjouissait de faire la traversée de l'Atlantique. Il avait hâte d'arriver en Angleterre et de voir la fanfare de l'Armée du salut en concert. Et maintenant... Maintenant il retourne à la maison!

Il faut qu'il retrouve son père. Il faut qu'il soit en vie. Comment sa mère et son frère pourraient-ils se débrouiller sans lui? Et lui-même? Que sont devenus son oncle, sa tante et son cousin? Lewis est jeune. Il détestait que Lewis le traite comme un gamin, mais maintenant il ferait tout pour l'entendre l'appeler « le jeunot ».

Il ferme les yeux. *Rappelle-toi ce que Philippe t'a dit : Tu as survécu et eux aussi ont peut-être survécu.*

Il parcourt des yeux les visages des survivants rassemblés sur le pont. En montant à bord du *Lady Evelyn*, il a reconnu un jeune homme dans la vingtaine, membre de l'Armée du salut. Il boitait, probablement à cause d'une blessure à la jambe. Albert ne connaît pas son nom, mais il l'a croisé à Toronto quand ils ont pris le train pour Québec à la gare Union. Où est-il passé? Il saura peut-être quelque chose à propos des autres membres de l'Armée du salut.

Albert se penche sur le bastingage. Ils approchent de Rimouski, il peut voir le quai.

— Excellent! dit un homme avec un fort accent irlandais. Nous allons accoster. J'en ai fini avec la mer. J'ai eu de la chance deux fois. Je ne la tenterai pas une troisième fois!

— Que voulez-vous dire? demande Albert.

— As-tu entendu parler du *Titanic*, fiston? dit l'homme.

— Évidemment! dit Albert.

— Eh bien, je me trouvais à bord, dit l'homme. J'y étais chauffeur, tout comme cette fois-ci. Je travaillais aux chaudières sur les deux paquebots. Je m'appelle William Clark.

Il tend sa main à Albert.

— Et moi, Albert McBride.

Albert n'arrive pas à croire qu'on puisse survivre à deux naufrages en deux ans.

— Et vous vous êtes réengagé sur l'*Empress*? dit-il.

— L'*Empress* me plaisait, dit l'homme. C'était un navire solide. Il n'avait rien d'extraordinaire comme le *Titanic*, mais il était solide et bien construit. Il avait affronté plusieurs fois les eaux de l'Atlantique. Qu'aurait-il pu lui arriver de fâcheux?

— Un banc de brouillard, dit Albert. Je l'ai vu arriver. J'étais sur le pont avec une amie.

— Où est-elle maintenant? demande l'homme.

— Je ne sais pas, dit Albert. Elle a sauté du pont, comme moi.

— Une jeune fille? dit l'homme en haussant les sourcils. J'espère qu'elle a survécu.

— Elle savait nager, dit Albert. Et elle portait un gilet de sauvetage.

— Alors elle avait de bonnes chances de survivre, dit l'homme en posant sa main sur l'épaule d'Albert. Bon courage, quoi qu'il arrive. Tu es un survivant, comme moi.

Albert se tient au bastingage tandis que le navire ralentit. Il a les jambes flageolantes. Ils vont accoster à Rimouski. Mettre pied à terre va sembler étrange après tout ce temps passé à bord. Qu'apprendra-t-il, une fois rendu en ville? Et de là, comment va-t-il faire pour retourner à King City?

— Je te souhaite bonne chance, Albert, dit William Clark. Et j'espère que la chance continuera à te sourire.

— À vous aussi, monsieur, dit Albert.

CHAPITRE QUINZE

L'arrivée à Rimouski est chaotique. Malgré l'heure matinale, une foule est venue accueillir le navire qui accoste. Journalistes et photographes se sont massés sur le quai. Toute la ville semble être venue attendre les survivants. Tout le monde parle de l'*Empress*, veut savoir pourquoi cette tragédie s'est produite et veut offrir son aide.

Les curieux regardent solennellement le débarquement des dépouilles. Ils regardent les blessés qu'on transporte sur des brancards et les médecins et les infirmières qui courent de tous les côtés pour donner des soins. Ils regardent les survivants qui, d'un pas mal assuré, débarquent sur le quai. Plusieurs rescapés, encore sous le choc, semblent ahuris par le bruit et la cohue.

On doit être triste à voir, se dit Albert. *Je dois retrouver ma famille et Sarah.*

Albert et les autres survivants s'avancent sur le

quai, étourdis par les commentaires et les questions des curieux. Les journalistes et les photographes les sollicitent.

— Est-il exact que le capitaine Kendall était ivre?

— Au contraire, il paraît qu'il ne boit jamais.

— On dit que le paquebot était mal construit.

— Faux! C'était un excellent navire.

— On prétend que les membres de l'équipage ont survécu en grand nombre. Pourquoi n'ont-ils pas secouru davantage de passagers?

— Regardez ces malheureux avec leurs vêtements en lambeaux, dit une dame qui tient un grand sac rempli de vêtements. Je vous ai apporté ceci. Tous mes voisins y ont contribué.

— Incroyable! dit un vieil homme avec une canne. Ces pauvres gens étaient dans l'eau au beau milieu de la nuit! Je me demande comment ils ont pu survivre.

— Par ici! Par ici! dit un matelot du *Lady Evelyn*. Suivez-moi. On va vous donner des vêtements propres et quelque chose à manger.

Albert suit la file des survivants jusque devant un bâtiment en brique. Dès leur entrée, des bénévoles empressés leur offrent des vêtements propres, des tasses de thé bien fort, du pain frais et de la soupe chaude.

— Savez-vous s'il y a des membres de l'Armée du salut ici? demande Albert à une dame aux cheveux blancs et bouclés qui lui sourit chaleureusement.

— J'ai entendu parler d'un jeune homme plus vieux que toi qui viendrait juste d'arriver, dit-elle. Il demandait des nouvelles de sa famille et des autres membres de l'Armée du salut. Il est de ce côté.

Son estomac se noue. Serait-ce Lewis? Il n'a pas envie d'être déçu une seconde fois.

Il remercie la dame et va voir dans le coin qu'elle lui a indiqué. Son cœur bat la chamade.

Un jeune homme est debout derrière un rideau tenu par une femme. Albert ne voit que le dessus de sa tête. Il a les cheveux bruns et frisés, comme Lewis. Il a une profonde entaille sur le front.

— Pardon, dit Albert. Je cherche…

Il n'a pas le temps de terminer sa phrase que le jeune homme ouvre le rideau et se précipite vers lui. Il porte seulement un pantalon et il a un bras en écharpe.

— Albert! crie-t-il.

Il entoure le cou d'Albert de son bras gauche. Il

sent l'eau du fleuve et ses cheveux sales, mais c'est Lewis! Albert n'en croit pas ses yeux.

— C'est toi, c'est bien toi! dit Albert. Tu es en vie!

— Tout ce qu'il y a de plus vivant, le jeunot, dit Lewis en donnant un coup avec son poing gauche dans le bras d'Albert.

— Que t'est-il arrivé? dit Albert. Et papa, oncle Thomas et tante Betsy?

Lewis se rembrunit.

— Mon père est mort, dit-il. Je l'ai vu se faire aspirer par le navire qui sombrait.

— Oh Lewis! dit Albert.

Lewis pince les lèvres et des larmes coulent sur ses joues.

Albert entoure ses épaules de son bras.

— Oncle Thomas a insisté pour que je monte sur le pont sans vous attendre, dit Albert.

— Je sais, dit Lewis. Ensuite, il s'est dépêché de me faire sortir de la cabine. Les sangles de mon gilet de sauvetage étaient emmêlées. Il m'a aidé à l'enfiler avant de mettre le sien.

— Avez-vous pu monter sur le pont des embarcations? demande Albert.

— Juste à temps, dit Lewis. Mais on n'y serait pas

arrivé si tu n'étais pas venu nous avertir. Tu m'as sauvé la vie, Albert!

— On a eu de la chance que nos cabines ne soient pas à tribord, dit Albert. Sinon, nous y serions tous passés.

— Je sais, dit Lewis en approuvant de la tête. Quand nous sommes arrivés sur le pont, le navire était en train de couler, et vite. Il n'y avait pas une minute à perdre. Comme il n'y avait plus de canots de sauvetage, nous avons sauté à l'eau. J'ai vu papa disparaître sous le navire. Moi, j'ai pu m'en éloigner juste à temps. L'*Eureka* m'a repêché peu de temps après.

— Et tante Betsy? demande Albert.

— Elle a sauté, elle aussi, explique Lewis. Je l'ai vue dans l'eau. Elle hurlait quand papa a été aspiré par l'épave. Mais ensuite, je ne l'ai pas revue. J'ai bien peur qu'il lui soit arrivé la même chose. Je n'arrête pas de penser à eux. Et ton père? As-tu des nouvelles?

Albert secoue la tête.

— Papa a sauté derrière moi, dit Albert. Ensuite, je ne sais pas ce qu'il est devenu.

Lewis serre Albert dans ses bras.

— C'est affreux! dit-il en sanglotant. Notre famille... Tous ces gens que nous connaissions. Désolé, Albert. Je ne pleure jamais. Je me sens... C'est trop dur. Comment est-ce possible, Albert? Pourquoi?

CHAPITRE SEIZE

Il n'y a pas grand-chose à dire devant tant de malheur. Albert a la gorge serrée et se contente de secouer la tête. Son oncle, sa tante et son père seraient morts? *Ce n'est pas possible!* voudrait-il crier.

Il n'arrête pas de penser à son père et à sa tante. Et s'ils avaient été simplement blessés? Dans ce cas, où sont-ils rendus? Les a-t-on secourus?

Et Lewis et lui-même, que devraient-ils faire maintenant? Des survivants se dirigent vers le hangar à bateaux où sont gardées les dépouilles mortelles jusqu'à ce qu'elles soient identifiées.

— Vas-tu au hangar à bateaux pour voir si tante Betsy...? demande Albert.

— Je préférerais ne pas le faire, dit Lewis. Le fait même d'y penser me rend malade. Mais je n'ai pas le choix. Je vais vérifier pour ton père en même temps.

— Merci Lewis, dit Albert. Je... Je n'arrête pas de penser à eux. Je me demande sans cesse ce qu'il leur est arrivé.

— Moi aussi, réplique Lewis en tapotant le dos d'Albert. Attends-moi ici, je reviens tout de suite. Ça risque d'être encore plus dur que d'entrer dans l'eau glaciale du fleuve.

Lewis serre l'épaule d'Albert et sort du bâtiment. Albert s'assoit sur un banc.

Lewis est de retour au bout de quelques minutes. Il est blanc comme un linge et il tremble.

— Je suis arrivé devant le hangar, j'ai ouvert la porte, mais je n'ai pas pu entrer, dit-il. Je ne sais pas quoi faire, Albert.

— J'y vais avec toi, dit Albert.

— Tu ne peux pas, dit Lewis. Tu n'es qu'un gamin.

— Non Lewis, rétorque Albert. Plus maintenant.

Lewis se frotte le front avec la main.

— Tu as raison, dit-il. Mais es-tu bien sûr de vouloir le faire?

— Sûr et certain, répond Albert.

Albert et Lewis se dirigent vers le hangar à bateaux. Albert a des nœuds dans l'estomac. Il n'a pas envie d'entrer, mais il le faut. Pendant un instant, ils restent immobiles devant le hangar. Puis Lewis inspire profondément, ouvre la porte et entre.

Albert le suit.

Sans dire un mot, ils arpentent les rangées à la suite des autres survivants qui, tout aussi silencieux, regardent les dépouilles dans les cercueils faits de simples planches. Au beau milieu des rangées du hangar, Lewis saisit Albert par le bras.

— Oh non! dit-il. C'est Simon, un ami de mon père. Je suis incapable de le regarder.

— Alors, ne le regarde pas, dit Albert. On n'y peut rien.

Ils continuent de déambuler. Tout ce qu'on entend, ce sont les pleurs et les cris de ceux qui viennent de reconnaître la dépouille d'un être cher.

— Marie!

— Papa!

— Lili!

Tous ces cris d'angoisse sont horribles à entendre. Albert sait qu'à tout moment il peut reconnaître une connaissance ou un être cher.

Un goût âcre lui remonte dans la gorge. Il avale sa salive, mais le mauvais goût continue d'augmenter. *Plus que quelques pas et tu seras dehors*, se dit-il.

À côté de lui, Lewis gémit et son front est couvert de sueur. Avant d'arriver à la sortie, il pose sa main sur l'épaule d'Albert.

— Non, dit-il. Je crois que c'est…

Albert jette un coup d'œil. Une femme dans un cercueil ressemble à la mère de Lewis.

— Non Lewis, dit-il. Ce n'est pas tante Betsy.

— Oui, tu as raison, dit Lewis.

Il pousse la porte et sort du hangar.

— Je… Je… grommelle Lewis.

Il fonce devant lui, suivi d'Albert qui le rejoint au moment même où il se penche sur un parapet et vomit.

— Désolé, dit Lewis. Je me sens comme si, de nous deux, c'était moi le gamin.

— Ce n'est pas grave, dit Albert. C'était horrible à voir. J'ai cru que j'allais être malade tout le temps que nous étions dans le hangar. Viens, on va retourner dans l'autre bâtiment.

Dès qu'ils entrent dans le bâtiment de brique, une femme portant un tablier à carreaux bleus sur une robe bleu et blanc vient leur offrir de la soupe et du pain. Ses cheveux gris sont relevés en un chignon.

— Voici de la soupe au poulet, dit-elle. Vous semblez en avoir grand besoin.

— Merci, dit Albert. On revient… du hangar à

bateaux.

— Ce devait être affreux, dit-elle. Avez-vous...

— Non, dit-il. On n'y a trouvé personne de notre famille. Merci de demander et merci de votre gentillesse.

— Nous aurions aussi bien pu être à bord de ce navire, dit-elle. Nous voulons tous vous aider.

Albert mange sa soupe lentement.

— Et voilà pour vous, jeune homme, dit-elle en tendant un bol de soupe à Lewis.

— Merci, dit-il en repoussant une mèche de cheveux bouclés de ses yeux. On dirait la soupe de ma mère.

— Comment s'appelle-t-elle? demande la dame.

— Betsy McBride, dit-il.

— A-t-elle les mêmes cheveux que vous? demande-t-elle.

— Oui, confirme Lewis.

— On vient d'amener une femme ici, dit-elle. Elle est en état de choc. Elle n'arrête pas de dire Thomas. Est-ce vous?

Lewis, ébranlé, dépose son bol de soupe.

— Mon père s'appelle Thomas, dit-il. Où est-elle?

— Venez, dit-elle. Je vais vous montrer.

Albert et Lewis la suivent jusqu'à l'autre bout du bâtiment. Une femme aux cheveux bruns et bouclés, vêtue d'une robe brune deux fois trop grande pour elle, est assise sur un banc. Elle a le regard fixe et des larmes ruissellent sur ses joues.

— Maman! crie Lewis. C'est moi!

Tante Betsy se retourne, les yeux ronds comme des billes. Elle prend son fils par la main et la serre très fort.

— Lewis? dit-elle. Lewis, est-ce bien toi? Ton père...

— Je sais, maman, dit-il. Je suis si heureux de t'avoir retrouvée! Et regarde, Albert est avec moi.

Elle saisit la main d'Albert.

— Incroyable! dit-elle. Vous êtes là tous les deux. J'étais sûre de t'avoir perdu. J'ai regardé partout, j'ai demandé à tout le monde. Puis j'ai pensé... au pire. Mais vous êtes sains et saufs tous les deux!

CHAPITRE DIX-SEPT

Le lendemain, le voyage de retour à Québec se déroule dans un silence lugubre. Albert regarde les autres passagers à bord du train spécial qui les ramène de Rimouski. Beaucoup sont encore en état de choc. Certains marmonnent les noms de ceux qu'ils viennent de perdre. La plupart n'arrivent pas à croire que toute leur vie a basculé en quelques heures.

Albert pense à son père, son oncle, Sarah et ses parents. Seul le nom d'oncle Thomas apparaissait sur la liste des personnes décédées qui a été affichée avant leur départ de Rimouski. Mais les listes sont encore incomplètes. Sarah a probablement péri, comme la plupart des enfants. Jusqu'ici, seulement trois enfants auraient survécu au naufrage. Et de tout leur groupe de l'Armée du salut, on n'a retrouvé que quelques survivants.

À la gare de Québec, le train est accueilli par

une foule si nombreuse qu'il est difficile de se frayer un passage jusqu'aux voitures qui attendent les survivants du naufrage. Ceux qui ne sont pas gravement blessés, comme Albert, Lewis et tante Betsy, sont conduits au Château Frontenac, un hôtel luxueux qui fait penser à un château de conte de fées.

— J'aurais aimé que mon Thomas soit avec nous pour voir cette merveille, dit tante Betsy. La vie ne sera plus jamais la même sans lui.

— Je vais t'aider, maman, dit Lewis. On va y arriver.

— Je sais, mon chéri, dit tante Betsy. Et cela me réconforte plus que tu ne le crois. Ta présence aussi m'est précieuse, Albert. Lewis et moi ne serions plus de ce monde si tu n'avais pas été là.

— Nous avons eu de la chance, dit Albert.

— J'aimerais tant que Thomas et ton père soient avec nous, dit-elle, les larmes aux yeux.

Albert serre sa tante dans ses bras. Il n'arrête pas de penser à son oncle et à son père. Ce sera terrible quand il se retrouvera devant sa mère et son frère. Comment leur annoncer la terrible nouvelle?

Il regarde par la fenêtre de leur chambre. Se

retrouver dans un hôtel si chic lui semble irréel après ce qui est arrivé.

On frappe à la porte et Lewis va répondre.

— Albert! appelle-t-il. Viens vite.

Albert se retourne et dévisage l'homme qui se tient sur le seuil.

— Albert, dit l'homme d'une voix rauque et chevrotante.

Il a un gros bandage sur la tête et son nez est enflé. Son bras est en écharpe et il boite quand il entre dans la chambre.

— Papa! s'écrie Albert.

Il court rejoindre son père et l'enlace par la taille.

— Tu es en vie! s'exclame-t-il. J'étais certain que tu... Oh papa!

— Moi aussi je pensais que j'étais mort, Albert. Quand je me suis réveillé à l'hôpital, je ne savais pas où j'étais ni qui j'étais.

— Je n'arrive pas à croire que tu es là, dit Albert Je suis si heureux de te revoir. Je... Je...

— Je sais, fiston.

— Oncle Thomas...

— Oui, je viens d'apprendre la mauvaise nouvelle, dit M. McBride en retenant ses larmes. Mon petit frère va me manquer terriblement.

* * *

Le lendemain, Albert et son père retournent en train à Toronto accompagnés de Lewis et sa mère. Les cercueils sont du voyage. Quand ils arrivent à la gare Union, une immense foule les attend. Les cercueils couverts d'un drap traversent Toronto en une longue procession.

Une semaine plus tard, une messe est célébrée à l'église en présence de nombreux Torontois venus honorer la mémoire de ceux qui ont péri lors du naufrage de l'*Empress of Ireland*.

À l'église, Albert serre la main de dizaines d'inconnus qui tiennent à lui dire toute l'admiration qu'ils avaient pour son oncle et comme ils sont heureux de savoir que son père, sa tante, son cousin et lui-même sont en vie.

Il a encore du mal à croire ce qui est arrivé. Une semaine plus tôt, il montait à bord de l'*Empress* et aujourd'hui, il participe à un cortège funèbre qui se rend lentement au cimetière Mount Pleasant. Il joue de la trompette aux côtés de son père et de Lewis. Le nouveau directeur a insisté pour qu'il intègre leurs rangs. C'est le plus jeune membre de la fanfare de l'Armée du salut.

La mère d'Albert et Eddie assistent au cortège, mais tante Betsy est restée chez elle. On n'a pas retrouvé le corps d'oncle Thomas et elle a dit qu'elle ne supporterait pas de participer au service funèbre.

Au cimetière, Albert et sa famille restent près des tombes après la cérémonie. Il se rappelle son oncle qui a toujours été si gentil avec lui. Il se rappelle le trajet en train de Toronto à Québec, quand ils discutaient avec enthousiasme de leur voyage en Angleterre et de ce qu'ils allaient y faire. Il se rappelle de sa rencontre avec Sarah alors qu'ils faisaient la queue avant de monter à bord du paquebot. La liste des morts et des disparus est encore incomplète.

— Albert? entend-il.

Il relève la tête. Il écarquille les yeux. Il étouffe un cri.

— C'est moi, Sarah.

La jeune fille qui est devant lui n'est plus tout à fait la même qu'il y a quelques jours. Ses yeux ont perdu leur éclat.

— Je... je croyais que tu étais... bredouille Albert.

— Morte, dit-elle. Non. Papa et moi avons été obligés de rester à Québec. Nous étions trop malades pour voyager. Hier, nous sommes finalement rentrés chez nous.

— Et ta mère? dit Albert.

Sarah se mord la lèvre.

— Maman... n'a pas survécu, dit-elle.

— Je suis désolé, dit Albert.

— Elle me manque terriblement, dit Sarah. Mais... j'ai été réconfortée de t'entendre jouer de nouveau, Albert. Je t'ai vu défiler avec le cortège funèbre. Tu n'as fait aucune fausse note. Tu as joué à la perfection.

Albert sourit. Sarah dit vrai.

Il est content de pouvoir rejouer de la trompette et de l'avoir fait à la mémoire de tous ceux qu'il connaissait et qui sont décédés.

Il est content d'avoir paradé fièrement aux côtés de son père et de Lewis.

Il est content d'avoir entendu son père lui dire : *Excellent, fiston. Excellent.*

Note de l'auteure

En entendant le nom *Titanic*, tout le monde se rappelle le luxueux paquebot au funeste destin qui a sombré au large des côtes de Terre-Neuve il y a plus de cent ans. D'innombrables livres ont été publiés sur son histoire et son naufrage, et des films à grand succès ont reconstitué le drame.

Mais le *Titanic* n'est pas le seul grand paquebot à avoir connu une triste fin au début du vingtième siècle. Le 29 mai 1914, un peu après deux heures du matin, l'*Empress of Ireland*, un grand paquebot qui assurait la liaison entre le Canada et l'Angleterre, a sombré dans le fleuve Saint-Laurent après avoir été accidentellement heurté par le *Storstad*, un cargo charbonnier norvégien. Plus de passagers ont péri lors du naufrage de l'*Empress* (840) que celui du *Titanic* (829). Pourtant, pendant très longtemps, le drame de l'*Empress of Ireland* est resté dans l'oubli.

Pourquoi cette amnésie collective? Beaucoup

Carte postale de l'*Empress of Ireland* en 1909

pensent que, au moment du naufrage de l'*Empress*, l'attention était braquée sur les champs de bataille européens et sur les nouvelles de la Première Guerre mondiale qui n'allaient qu'en empirant. On s'intéressait très peu aux tragédies qui, comme le naufrage de l'*Empress*, ne se rapportaient pas à la guerre.

Mais en 2014, les choses ont changé. Le centième anniversaire de la tragédie a suscité un regain d'intérêt pour le paquebot, ses passagers et les événements de cette terrible nuit. On a organisé des expositions dans des musées, on a émis des pièces de monnaie et des timbres, et on a tenu des services commémoratifs. Beaucoup se sont demandé ce qu'il restait de l'épave au fond du Saint-Laurent.

Des cérémonies à la mémoire de l'*Empress* et de

Le cargo charbonnier *Storstad,* après la collision

ses passagers ont aussi été organisées, en particulier au Québec et en Ontario. Par ailleurs, pendant des années, l'Armée du salut a commémoré le naufrage de l'*Empress* en souvenir de ses nombreux membres y ayant trouvé la mort. Cent soixante-sept d'entre eux étaient à bord et se rendaient à une réunion internationale de leur organisme à Londres, en Angleterre. Une quarantaine d'entre eux faisaient partie de la fanfare. C'était un groupe plein d'entrain qui contribuait à créer une atmosphère de fête à bord. Ils ont d'ailleurs joué sur le pont quand le navire a appareillé à Québec.

Évidemment, tout cela a changé quand le *Storstad* et l'*Empress* sont entrés en collision. Un grand nombre de personnes, dont 128 membres de l'Armée du salut, se sont noyées ou ont été blessées mortellement par des débris de métal et de bois qui se sont détachés du navire.

Naufrage est un récit fictif de la catastrophe de l'*Empress*. Je me suis inspirée de membres de l'Armée du salut pour créer le personnage principal, Albert McBride et d'Helen O'Hara, une passagère de dix ans, pour créer le personnage de Sarah O'Riley. Cette dernière savait nager, ce qui l'a aidée à survivre dans les eaux glaciales du fleuve. Les autres personnages sont de pures inventions, sauf les capitaines Kendall et Andersen, le docteur Grant et William Clark.

Frieda Wishinsky

Quelques faits sur l'*Empress of Ireland*

- Environ 120 000 immigrants sont arrivés au Canada à bord de l'*Empress of Ireland* depuis sa traversée inaugurale en janvier 1906 jusqu'à son naufrage en 1914. Le nombre de Canadiens descendant de ces immigrants est évalué à environ un million.

- Les passagers qui sont montés à bord de l'*Empress* le 28 mai 1914, la veille du naufrage, venaient de différents pays dont le Japon, la Nouvelle-Zélande, les îles Fidji, l'Angleterre, les États-Unis et le Canada.

- On comptait parmi eux quelques célébrités, comme Laurence Irving et sa femme Mabel Hackney, qui étaient de grandes vedettes de théâtre. De même, le chasseur de gros gibier, Sir Henry Seton-Karr, était à bord ainsi que l'écrivaine Ella Hart Bennett. Ils sont tous morts dans le naufrage.

- Le cargo charbonnier peint en noir, le *Storstad*, était un navire norvégien qui transportait du charbon de l'île du Cap-Breton.

- L'*Empress* a sombré dans le Saint-Laurent neuf heures et quarante-trois minutes après avoir quitté Québec.

- Les historiens pensent que l'*Empress* a fait naufrage pour deux raisons. Premièrement, parce que sa coque a été profondément éventrée sous la ligne de flottaison, à tribord. Et deuxièmement, parce que ses portes étanches à l'air et ses sabords n'étaient pas complètement fermés, malgré la réglementation maritime stipulant qu'ils doivent tous être fermés et verrouillés avant tout appareillage.

- Il a fallu un certain temps avant de déterminer qui avait péri dans le naufrage à cause d'erreurs qui avaient été faites sur la liste des noms des passagers.

- Seulement 4 des 138 enfants se trouvant à bord ont survécu.

- Seulement 41 des 310 femmes se trouvant à bord ont survécu.

- Seulement 172 des 609 hommes se trouvant à bord ont survécu.

- Sur les 420 membres d'équipage se trouvant à bord, 248 ont survécu.

- Quand l'*Empress* a sombré, le capitaine Kendall, qui était sur la passerelle de navigation, a été projeté dans l'eau. Il a réussi à remonter à la surface et s'est agrippé à un treillis de bois jusqu'à ce qu'un canot de sauvetage vienne le secourir.

- Beaucoup considèrent que le docteur Grant s'est comporté en héros lors du naufrage. Il a sauvé plusieurs vies et aidé à calmer les blessés et les survivants en détresse. L'Université McGill lui a offert une copie de son diplôme de médecine pour remplacer celui qu'il avait perdu lors du naufrage de l'*Empress*.

- Une commission d'enquête a été instituée par le Canada afin de faire la lumière sur l'accident. Elle a siégé pendant onze jours à partir du 30 mai 1914. Elle a conclu que le capitaine Andersen, du *Storstad*, était responsable de la collision parce qu'il avait changé de cap en plein brouillard. Par contre, une commission norvégienne a rejeté le blâme sur le capitaine Kendall, de l'*Empress*.

- Une demi-douzaine de plongeurs sont morts en visitant l'épave de l'*Empress*. Bien que l'épave soit non loin de la rive du Saint-

Laurent et facilement accessible pour les plongeurs, les forts courants, la mauvaise visibilité, l'eau glaciale et les câbles électriques sous-marins rendent la plongée difficile et dangereuse.

- Le Canada a donné le statut de site historique au lieu du naufrage de l'*Empress* afin de préserver ce qu'il reste de l'épave et de décourager les plongeurs qui voudraient aller y récupérer des objets.

DANS LA MÊME COLLECTION

Quelques secondes ont suffi pour changer la vie d'Alex à tout jamais. Par une belle journée ensoleillée, il construit un fort de neige aux proportions épiques avec ses deux amis, Ben et Owen. Mais une avalanche les engloutit. Blessé et hébété, Alex doit garder son sang-froid afin de se libérer et de sauver Ben et Owen.